라 온 제 나

최명숙 시집

시윈
도서출판

아직 서툴고 부족한 나의 진실

'라온제나'

　나의 기쁨인 생에 첫 詩集의 이름 이다. 라온제나란 라온, 나온 : 즐거운. 제나 : 제 것으로서의 자신. (비슷) 자아自我. 순우리말로써 즉 '라온제나'는 '즐거운 나' 라는 뜻이다. 손자 이름이 라온, 하온, 온유, 예온 이다. 첫 손자를 얻고 세상을 다가진 듯 기쁨이 넘쳤던 그때 를 생각하면서 '라온제나'는 가족을 생각하는 내 마음이 담긴 것이라 할 수 있다.

　아마도 두 번째 시집을 출간을 하게 된다면 '하온 하제'라 하리라. 하온은 으뜸 이며 하제는 내일 이란 순수 우리말이다. 지금은 많이 서툴고 부족하지만 내일 의 나는 으뜸이 되어 있지 않을까.

　어릴 때 부모님께서 '큰어머니 순산하셨는지 태어난 사촌 동생은 건강한지 편지를 드려라. 할머니 할아버지 께 또는 월남전 파병 가신 외삼촌께 편지를 드려라' 말씀하신데 부터 글쓰기를 시작했다고 하겠다. 또한 열 살때 부터 결혼전까지 일기를 매일 썼던 것이 詩를 쓰기에 커다란 자양분이 되었다고 하겠다.

이처럼 가족의 사랑 속에 용기를 잃지 않았던 나의 기쁨이며 즐거움이다. 정말 힘들고 쓰러지기 직전에 자정慈情의 힘을 준 詩는 그야말로 '라온제나'였다. 그저 평범한 주부가 시를 쓴다고 한 편 두 편 습작하다가 운좋게 김송배 교수님을 만나 시집까지 출간하게 되었으니 감사하는 마음이 깊다

늘 용기 주시고 순수한 마음을 표현 하라시던 교수님, 우리 큰딸이, 우리 누나가, 우리 언니가, 우리 엄마가 그리고 내 친구가 최고라고 격려 아끼지 않으신 모든 분들께 감사하고 책표지 그림 예쁘게 그려준 사랑하는 딸 주리에게 고마움을 전한다.

2022년 봄날이 가기 전에
최 명 숙

차례

제 2 부 __ 푸르른 날들 빛을 잃고

차례

제 4 부 __ 할머니의 슬픈 망향가

차례

제 5 부 __ 당초무늬 길게 드리워

제 1 부

빛바랜 기억의 편린들

지금은 그렇지

'내 나이가 어때서' 라고 노래들 한다
아! 옛날이여 마음은 언제나 푸르른데
생각은 아름다운 날들에 머무르고
이상을 갈망하며 현실 인정 싫어하지

풍부한 감성은 젊음의 비결이겠으나
경우에 걸맞는 또래 문화가 옳으리라
분칠하여 가꾼다고 마냥 꽃피는 시절일까

이제는 넉넉하게 익어가는 알찬 중년으로
세상을 너그러이 이해하고 위안하며
스스로 아끼고 다독다독 챙겨야 할 때이다.

지평선

유채꽃 바람결에 너울너울
무얼 감춰두고 저리 애절할까
자꾸만 오라 손짓하네

그도 나도 사랑했던 가없는 꽃길
흔들리는 속삭임
알지 못할 여백일지라도
함박미소로 품어 안을
네 곁으로 달음질친다

끝닿은 품 내어놓고 기다리는
너른 가슴에 안겨
수평선의 질투 밀어내고
따뜻한 너의 숨결에 동화될거야

또다시 등 뒤에서 부르는
예사로운 손짓 후우 부는 입김
변함없다 괜찮다.

고사목

거실 중앙에 자태 뽐내는 내게
책 신문 찻잔이 놓이면
너의 지친 일상에 친구가 된다

동구 밖 장승과 더불어 지킴이 하다가
쓸모없이 버려져 절망할 때
단장하고 집안으로 들어와
교감하며 메마른 감성에
푸른빛으로 동화하는 즐거움을
아낌없이 내주고 싶어

음악에 젖어 너의 품에 기대면
온기가 온몸으로 전해져
다시 살아난 희열을 느끼곤 하지

때론 예술품으로 거듭나
또는 멋진 탁자로써
희로애락 나누면서 너랑나랑
성원成員으로 오래 함께하고 싶다.

회상回想

숲속에서 그윽한 솔바람 불어오니
대청뜰 가득히 날아드는 송홧가루
간직해둔 추억의 편린 들끓었던 소녀시절
청운의 꿈 아직 다 못 깨었을지라도
치기어린 마음으로 영화도 품었었고
작은 뜻마저도 소중히 여겼더니
오만한 세속의 일이 어찌 마음까지 이를까.

지락至樂

그윽한 계곡
흐르는 물소리 싱그럽고
물보라 치는 골짜기엔
채운이 가득 하구나

연둣빛 망울망울
떡갈나뭇잎 순 터뜨려
거풋거풋 몸부림에
까르르 바람이 웃고

미풍에 예쁜 꽃들
맑은 향기 뽐내니
줄풍류에 한가롭게
사계절 독차지하고 살고파라.

깊은 생각

꽃비 내린 뜰안에
바람이 휘돌아 가니
등롱 빛에 달 그림자
심히 흔들리누나

에우는 봄날 흥취는
옛날 그대로인데
범우를 품어
영원한 교유를 꿈꾸었으나

나비질 하듯 날아간
깃털 같은 마음
서글픔 삭이며 생각하니
세상사 무심하구나.

절교

더 무엇을 기대할까
욱하는 성질머리를

마치 독불장군처럼
묵도리*도 아니고
말귀 못알아 듣네
운명은 무슨
더 이상 이해하기 싫어

어리석은 자기 변명
비열한 억지소리
이젠 아웃이야.

* 묵도리 : 바보의 방언 (전남)

참으로 못할짓이야

HDL LDL 중성지방
콜레스테롤 수치 정상이다
건강검진 결과는 나쁘지 않으니
이만하면 관리 잘했다 잘할 수 있다

몇 년전,
검진 결과 미약하나 고지혈증
반드시 병원진료 요망
서류를 보던 의사선생님은
"살을 빼셔야 되겠 아니아니
탄수화물 중독이군요" 하신다
밥 빵 떡 면류 등등 탄수화물을
줄이고 더불어 강력한 운동을 권하셨었다

이번 정기검진 수치는 정상이니
약을 중단하면 어떨까 했지만
그냥 영양제 먹는 샘치라신다
꼭꼭 약 먹으며 운동을 곁들일 걸 다짐한다
건강한 맵시를 위해서라도

하여튼 그 맛있는 밥을 어찌 줄일 수 있지
참으로 못할 일이다

혀에 감기는 더할 수 없는 황홀경이라니
맨밥 한술 떠먹어보면 더할 나위 없는데.

퇴근길에

그림자 길게 던져진 오후는
대낮의 정적보다 설레임이 깊다

그렁그렁 어리는 울화 삭이고
잔잔하게 흐르는 음악에 실려

고단한 하루의 여독을 풀어내며
수고한 나에게 진한 건배.

중년감성

부드러운 색보다 강열한 색이 좋아
처음엔 거부감이 들었지만
꽃다운 시절도 아니고 차츰차츰

초라하게 보이지 않으려
라온제나가 우선이란 이기심도 생기고
사치스럽기보다 화사한 모습이길 바라지
대부분의 여인들이 그렇지 않을까.

화장하기

자연스런 화장은 돋보이게 하지만
천박해 보이는 치장은 오히려 손해다
소박하고 단정하게 꾸미는 것이 좋다
공들여 단장했어도 자연스럽지 못하면
본래의 멋스러움 마저 어울리지 않을 터이니.

그림자

한갓진 못가에
홀로 앉아 있다가
아침 댓바람에 우연히
벗을 만났네

다정한 햇살에
말없이 웃으며 바라보니
얼교자 함께 나누던
어여쁜 벗이 아니라

목눌한 몸짓으로
졸졸졸 따르며
일언반구 응하지 않는
너를 알겠구나.

창가에 누워

팔베개 하며 길게 하품을 뿜고 누우니
달빛이 창가에 깊숙이 비춰든다
남빛 안개 속에 잠긴 숲은 달빛에 젖고
빛바랜 기억의 편린들이 어둠속을 떠돌다가
하느작하느작 품안으로 잦아드는데
촉촉이 스미는 그리움,
먼 곳 향하는 내 마음이여.

섭리攝理

손수 끼워준
가락지로 맺은 가약
전생에 인연 있어
서로 하나 되니
화락한 꽃밭에
주명이 가득 하네

마음을 다하여
애틋하게 은애하니
세사에 청운이 깃들어
늘 다복하고
섬돌 아래 드리운 달빛은
내내 그윽하구나.

나만의 유희

머지않은 곳에 꽃대궐 있다길래
가볍게 싸복싸복 다녀왔다

힘닿지 않는 선경,
더불어 심호흡하며
들레는 마음 거리낌 없이 나누고
번거롭던 속진俗塵
연두빛 고운 바람결에 씻어내고 왔다

힘겨룸 필요 없이
그저 생김대로 신나는
들팽이처럼
천천히 서두르지 않으며
제 몫 다해 충분히 아름다운
그 곳에
엉너리칠 필요 없이
자연스레 어우러져 좋았다.

아쉬움

은한 유유히 흐르고
빛무리 희끄무레 한 달밤
내곱은 동구 밖 느티나무
연두빛 고운 이파리
실크 머플러 두른듯 너블댄다

사랑옵던 님의 미소
달빛에 만만하게 조응되어
다정한 봄날이 도리질 친다

밤새 꽁냥꽁냥 애틋했는데…

흔적痕跡

박속같은 치아 내보이며 웃던 너
눈 속에 내 모습 각인하던 날들
함박눈 너울너울 하얀 그리움을 마신다

질풍노도의 짧은 회유回遊였지만
가장 곱게 쓰여진 일기장 한 페이지에
박하유 향기 닮은 싱그런 미소가
푸르른 꿈으로 담겨져 있었다

타르타로스의 암흑 무섭다 해도
손가락 걸어 결의한 가약
어우르듯 아름다이 살고자 했었지

별빛 수줍게 속살 드러내는
날 저문 강가에서 다시 너를 만난다
꽃자주빛 회장回裝하고
물너울 넘실대는 기슭에 그려진
형향 고운 빛을 보았으므로…

꿈속에서

눈을 지긋이 감고
푸념하듯 허공을 보다
르느아르의 '초원의 비탈길'을
거닐어본다
고흐의 '아를의 별이 빛나는 밤'
이라도 좋겠다

높새바람 견뎌낸
짓푸른 여름빛에
서서히 또 은근하게
때론 흠뻑 젖어도 괜찮겠다
하얗게 반사되는 은월에
사뿐히 마음을 내려두고
늘 상상의 나래 펴면
어딜 가든 여정이 깊었다.

그림자 3

회색빛 포도鋪道 위에
꽃이 활짝 피었네
앙상한 기인 겨울
많이 힘 들었던거야
아스팔트 위에
햇님 벗삼아 꽁냥꽁냥
그리도 다정할까

이따금 꾸러기 바람
같이 놀자 흔들어대면
얼쑤 뒤뚱뒤뚱
어깨춤 추며 까르르
뉘엿뉘엿 해거름녘,
함께 노닐었어라.

허수아비

가을 들녘 지킴이 외롭지만
도시의 번화한 불빛 부럽지 않아
맘껏 팔 벌려 하늘 품고
누더기 걸쳤어도 눈치 볼 일 없으니
욕심내지 않아도 넉넉하고 뿌듯하다

아무도 알아주지 않으면 어때
참새 희롱해도 황금 들녘 아우르며
맑은 공기 뭉게구름 흐르는 물
실컷 소유한 부자 아닌가
오늘도 한곳에 서서 욕심 없이 웃을 뿐.

언젠가는

눈록嫩綠 기다리나
아직 동장군 서슬 퍼렇네
냇가에 능수버들
넘늘어져 하늘거리고
로맨틱한 감성
너울거리는 봄날을 꿈꾼다

얼룩진 코로나19 폐해,
삶의 질 떨어졌어도
배낭 메고 나들이 갈 날
곧 오리라

진풍경에 힐링하고
따뜻한 마음 부비며
흔쾌했던 일상
제대로 누리길 소망하고
적잖은 삶의 무게
굳게 이겨 나갈 일이다.

견뎌내야 해

모람모람 내리는
소나기 시원하네
두 동강 낼 듯
하늘 찢는 천둥 번개
힘입는 자연 혜택
겸손하란 울림일까

제 능력 빛나는 줄,
어리석은 인간들
서리병아리 시절 모르니
세상이 노했나보다

끝 간 데 모르는 이기
무연하여 울적하다
힘들어도 생활 방역
수칙修飭 한다면
자우慈雨 내리고
자연 생태 안정 될 텐데.

자화상

어둠별이 희끄무레한 저녁
디딤돌 띄엄띄엄 놓인 산책길에
애잔한 제비꽃이 소복하다

갈바람 북풍 이겨낸 푸석한 땅에
까치놀 머금고 꽃망울 발록발록
보랏빛 고운 모습 태없이 어여뻐라

기스락에 옹기종기 다소곳이 고개 숙여
야린 꽃잎 파르르 떨고 있구나

정녕 봄인가
자늑자늑 불어오는 바람결이
상쾌한 휴일 큰키나무 아래 마주 앉아
언덕 너머 님의 소식 듣는다

두둥실 푸른 구름 사풋 흘러가고
줄지어선 가로수 옹긋옹긋 정다워라
꽃눈도 화들짝 놀라겠네

살구꽃 배꽃 필 준비 이미 다했는데
스산한 기운 스민다하여 대수랴

꽃망울 분홍빛 머금고
연두빛 고운 새싹 비쭉배쭉 누가 뭐랄까

인연

태초 이래
그렇게 존재해 왔듯
안개 속에 넘실대는
파도의 노래소리여

솔바람에 흩어지는
청연의 감미로운 애무와
향그런 솔향에
흡수된 듯 느꺼워라

기운차게 뻗은
해송 사이로 파란 하늘이
길닦음 소리마냥
철썩대는 파도 소리에
산란하듯 온몸으로
쏟아져 내리누나

책가위 씌우듯
온몸으로 그 푸르름을 품고
로하스의 꿈 너와 더불어
이루고 싶구나.

제2부

푸르른 날들 빛을 잃고

추색秋色 1

노오랑 국화 해질녘 향기 더하며
하늘은 잔잔한 호수에 잠겼다
꽃길 따라 하염없이 노닐다가
붉으레 타오르 석양을 몰랐어라

석훈夕曛*이 곱게 엉켜있는 은행잎과
섬돌 아래 거친 풀 아직 파란데
성급한 마음, 찬바람 스며 쓸쓸하고
불원간 오실 님 그리움 더욱 깊다

빛나는 꿈 함께 나누자던 속삭임
울긋불긋 단풍으로 물들고
은근한 국화 향기 바람에 실려와
그윽하여 계절 깊은 줄 알겠네

들녘은 시나브로시나브로
주명朱明을 삼켜 기다림에 발효된 채
송채送綵 받은 새악시 벅찬 설레임
날마다 낮빛 붉은 수줍음이 어린다.

* 석훈: 해가 진 뒤의 어스레한 빛.

39

여름날

당초무늬 길게 드리워
머루 넝쿨 그려 넣으니
짙푸른 떡갈나무 숲
청설모 신이 났네

떨어지는 도토리
풍성히 그려 넣은 까닭이나
이초방초 사이에
산도라지꽃 청초하고
난만한 기화요초
향그러운 탓이리라

못비에 흠뻑 젖은 장미
울안에 만발하고
꽃향기 바람결에 살랑살랑
뜨락에 가득하구나
아찔한 햇살이
온천지 달구며 숙성하듯.

여름일기

설익은 재주, 꽃 누르미 할 때
고운 소망 털어 끼워놓은 지난 추억
월여月餘 지나
이른 여름 석양빛 아래 들쳐본다

빛깔 고운 꽃잎
한 편의 야무진 시어로 남아
소박한 복사꽃 분홍빛 닮은 듯
포닥거리는 나비 날개로 파닥 거린다

는개비 오락가락 푸른 밤
날리는 낙엽에도 잠시 눈물 훔치던
그 청순함 다시 느껴볼 수 있을까

책갈피에 양지 꽃
더없는 친구 비밀스런 창고로 남아
투정어린 푸념 마다않는
한 여름을 유영한 선물이 되었다
진정 내 편으로서.

십일월 중순에

하얀 칼라 풀먹여 다림질하고
교복 바지 주름 단정했던 여고시절
끝 간 데 없이 무연한 희망을 그리며
커지던 생각노트에 빼곡하게 적어둔 꿈

노을이 스민 신기루 같았지만
시련도 견뎌내고 기쁨도 함께하던
은빛 윤슬에 어리는 해맑은 미소 닮았었어.

초겨울 소묘

초록 푸르른 날들 빛을 잃고
찬바람에 휘파람 부는 나목
울창했던 자작나무엔 까치집이 자리했네

바르르 떨리는 몇 안 되는 나뭇잎은
춤추듯 무성했던 여름을 회상하며
소리 없이 연둣빛 봄날을 그리겠지

따스하게 쟁글거릴 햇볕 바른 언덕을
하염없이하염없이 바라보면서.

초겨울

밤바람 여전히
빠르게 볼을 스치고
하늘의 별자리
점점 은하수 따라 밝아지더니
늘펀한 벌판에 오리온
어느 결에 빛나고 있네

별다례 몇 차례 지나도록
달 가는 줄 몰랐으니
번번이 보슬비 내려
시월상달 막 지난줄 알았건만
다투어 별이 쏟아지고
어느새 맑고 푸르구나.

초여름

나팔꽃 수줍은
해 이른 아침
가로수 사이로
불어오는 바람결에
수정처럼 맑은
설레임이 실려 오고

도라지꽃 청초한
양지녘 언덕배기엔
전에 없이
사무치는 이 맘 아는지
자주빛 그리움
지천에 피었구나.

청야음淸夜陰

맑게 갠 밤
달빛은 교교하고 그윽한데
구름은 가는 바람에도
흔들리고
아카시아 화사한 향기
온 천지에 가득하네

꽃과 같이 노닐다
그 향기 옷에 흠뻑 배어
흥겨워 밤 깊도록
돌아가길 잊었는데
어느새 발그레 여명이
신록 속에 보이는구나.

추분秋分

장글장글 햇살에
들녘은 황금물결 일고

독뎅이 수북한 기슭에
함초롬이 구절초 웃는데

부대끼고 난 계절은
웃비에도 수나롭기만 하네

워여워여 새쫓는
할아버지 외침이

붉은 노을에 흡수되듯
하늘 높이 퍼지는 오후

시나브로시나브로
억새꽃 은빛 물결 일렁인다.

여명黎明

지평선 너머
주홍 불덩이가 오르면

구름사이로 퍼지는
혼곤한 빛 산란하여

가없는 하늘 가득히
붉으레 꽃으로 피어나네

아귀트는* 햇귀
온누리에 곱게 물들어

프리즘 통과한
오색빛 찬란한 신비경 같아

다붓한 들녘 가득
명랑한 아침이 어리고

한갓진 가을 뜨락에
그윽한 기운 가득 드리운다.

* 아귀트다 :

씨앗이나 줄기에 싹이 트는 곳. 트다.

식물의 싹, 움, 순 따위가 벌어지다 (순우리말)

환절기

간간이 소슬바람 불어
풀어음 들리고

달빛 그윽하게
뜨락으로 비껴드는데

도도한 달님 더불어 노닐다
흠뻑 젖은 마음

산마루에 걸린
심술쟁이 구름 일순 몰려와

대화는 단절되고
흠칫 놀란 가슴 시리기만 하구나.

가을 길목에서

어슴새벽 여명이
참으로 곱기도 해라
느즈기 에움길 돌아
더디 오려나

뭉게뭉게 흰구름
하늘 가득 수놓는데
뒷걸음질 치는
못내 아쉬운 여름 끝자락

목놓는 매미
유영하는 고추잠자리
어느새 짙푸른 잎새
누르스름 몸살기 들고

사랑옵던 님
함께 거닐던 언덕 너머로
아직은 성급한 초가실
색바람에 실려
단내음이 풍겨 온다.

잠 못 이루는 밤

고상고상* 애태우는
밤이 깊네
위스키 한 모금 넘기며

한올진 달님을 청해
곁에 앉혀 두고
밤새 사련하는 맘 가득 채워
에우는 그리움을 마실거나

쓰르르쓰르르 풀벌레
지 맘 아느냐고
은근한 속삭임 끊이지 않아

니 맘이 또한 이 마음일레라
어느새 시룽새룽
어슴새벽 여명이 곱구나.

* 고상고상 :
  잠이 오지 않아 누운 채로
  뒤척거리며 애를 쓰는 모양의 (순우리말)

오월엔

꽃잎은 바람타고
너울너울 향그러운 이파리
초록 진초록 짜깁기하는데
반짝반짝 은가루 뿌린 듯
햇볕에 나부끼는 버드나무
그네의 시야에서 원근을 잃고
세상은 뒤범벅이 된다

대학로 축제 오래전 빛을 잃고
열정 앓이 삼킨 채
오버 로스팅, 쓴 커피향에
찌들어 겉넘는 영혼이여
지지누르는 먹빛 젊음
토막난 계절위에 얼룩지고 있다

고스란히 탁본되어 있는 향기
다시금 오려내 곱게 수놓아야해
말코지에 걸어두고 혼자 보는
소심한 비망록이 아니야
아즐아즐 함께 떼는 발자욱이면
힘이 더해질 터이니…

한여름

구름에 숨바꼭질 하는
달님이
비죽이 솟은 산봉우리에
자맥질하고
소금쟁이 으스름 달밤
저 혼자 춤추는데

사뿟이 쌓고 내어
리본 묶은 갈래머리
해읍스레한 기억의 저편에서
배시시 웃으며
조용히 그리고 오래도록 가슴을 앓던
음전한 소녀의 첫사랑 같이
들뜬 밤이여.

밤 벚꽃 놀이

어슬막 노을은
수줍은 처녀의 두볼
그윽이 깊은 맘에
하얀 달님 내려와 안기고
구붓한 나뭇가지에 어린
분홍빛 향기 그윽한데
어둠별 불러
밤새 속삭이며 노닐다가
여윈 밤 아쉬워라
어느새 여명이 가득 담겨온다

짧디짧았던 봄밤
밤도깨비 여행한 듯
언제 또 라온제나 꿈꾸며
꽁냥꽁냥 흠뻑 젖어볼까.
미운 정, 그림자 길게 드리워
을야乙夜 소소炤炤한 달빛
간밤 속삭이던 다정한 연가
말미암아 미소 짓고
토라진 맘 다독다독
이젠 어쩌랴.

제3부

영원히 머물줄 알았는데

내 나이

그리움 한 조각 오려내어
알맞게 다듬고
대롱대롱 매달린 추억
한 움큼 따 버무리니
편편 날아드는 소멸된 시간들이
지스락물 고인 듯
허기진 가슴에 꽉 채워진다

한댕이던 감성
다시금 쌍끌이로 끌어올려
구비로 떠다니던 기억들
앨범에 정리하면
절절한 까닭
그루터기에 찰찰 묶을 수 있겠다.

공원에서

아파트 숲속에 자리한 별천지
바닥 분수에서 치솟는 물줄기에
시원하게 무더위 씻어내며
아이 어른 어우러져 아우성이다

멀리 피서갈 필요 있을까
과일 음료수 챙겨 돗자리 펴면
여기가 휴양지요 꿈동산이지

즐겨 찾는 사람들이 이웃이며
동네꼬마들이니 정겨워
할머니 할아버지 함께 나와
동네 축제 벌어져 흥겹고흥겹다

고즈넉한 저녁 두 손 맞잡고
품으로 찾아와 밀어 속삭이는
젊음의 요람 주민들 힐링의 공간
가로등 졸고 어둠이 짙어져
한 집 두 집 불 꺼지면
한낮 번거로움 잊는다.

설레임

아침 햇살 맑은 유리창엔
성에꽃이 피었는데
푸드덕 날개짓 요란한 까치
들그럽게 우는구나
다담에 가지런히 정성 담아
마음을 차려 내고
니트숄 걸친 가녀린 어깨 너머
그리움이 응집되어
까슬까슬 말라버린 잔디위로
봄기운이 어리는 듯 하여라.

무지개

고운 빛 항라 저고리 섶 쓸어내며
줄곧 소란한 심사 얼레빗에 여민 마음
기다림은 여름 기인 해거름에 지고

머지않아 뵈올 이,
굵은 빗질에 마음 달래고
더없이 아름다웠던 날 되새긴다
위안 속에 깊이 간직한 반월 그리움
일곱 빛깔에 스민 간절한 소망이여

믿음 담아내는 곱디고운 약속
어릴 땐 신비함으로 미혹했으나
지금은 이제와 영원을 잇는 가교.

길

나풋나풋 하얀 억새 춤추고
뭇별 쏟아지는 언덕에
나뭇잎 사이로 달빛이 스민다

흔들리는 마음 갈무리 하려니
윤기 흐르던 머리 은빛 서리 내려
푸석한 감성으로 이우는 가을밤
내남없이 무더위는 힘들었다

봄바람에 설레던 연둣빛 희망보다
농무 짙은 플랫폼에 드는 빈 열차
흔들리는 꿈, 무도한 편주였다

풍한 또한 가혹 할지 모른다는
경우 어긋난 변화무쌍 미리 본 듯
하지만 하고픈 일이 너무 많다

담담히 눈길 닿은 신작로 앞에 서면
다양한 삶의 이야기들이
뒤돌아 살필 새 없이 밀려온다
겨울은 아직 저만큼 멀리 있는데.

응시凝視 1

하릴없이 거닐다 조각 달 마주하면
사라락 댓잎속삭임 들려온다

담녹색 이파리 하느작하느작
별밤 에워싸 맑은 향기 그윽하고
구름 뒤에 숨어 들락날락 엿보는
초사흘 달 맵시
은근하고 아늑한 님의 품속 같아라

반나절 거리에 애틋하여 그리운 이
짝 잃은 기러기 시린 바람소리 듣는 밤이면
이강주 한 모금에 알싸하게 마비되는 추억들이
고적한 달빛에 녹아 대숲을 맴돈다

당신을 보는 이 자리에서
그대는 나를 볼 수 없으니
두려움으로 혹여 어디선가
보고 있지 않을까
놀라움에 무색하여라.

응시凝視 2

들마루 누워 별을 헤며
꽃피는 마음 그리던 날
더욱 그윽한 형향馨香
기인 추억으로 남아 있다

영원히 머무를 줄 알았지만
풋풋한 시절 무색하게 지나고
낙엽은 책갈피에 다소곳한 데
뒤설레던 마음 아랑곳 없네

덕지덕지 응집된 그리움
이따금 하늘에 담긴 꿈을 캐며
끝 간 데 없이 날아오르던 때가
이제는 아련하기만 하다

한곳에 집착하여 어리석은 단견으로
홀로 다가진 듯 우쭐대는 사이
시선은 짧아지고 은빛 서리 내렸네.

응시凝視 3

가을 소묘
훠이훠이 참새떼 쫓는 소리
여문 벼 고개 숙여 겸손함을 전하며
너른 들녘이 곰삭아 간다

곱게 날염한 단풍 화사하고
미루*에 펼쳐진 감성자극 한 몫하는 핑크뮬리도
시달린 시간에 더없이 좋은 치유이다

운무 드리운 어스름 저녁이면
아무도 모르게 찾아드는 멜랑콜리
세 아레 밀려드는 스산함 보다 더 진한
월홍月虹에 눅눅히 젖어 스미는 그리움으로
아련한 추억 여행을 떠난다

말없이 높푸른 하늘은 세상을 살찌우며
고통 이겨낸 계절 감동을 자아내고
시답잖은 가을비 자주 내려도
제 할일 다하는 자연은 섭리따라 그럴 듯하다.

* 미루: 밋밋하게 널리 펼쳐져 있는 들이나 벌판

66

가시거리

멀지도 가깝지도 않은 우리 사이
의도하지는 않았지만
다가서면 이내 달아났다가
어느새 스르르 맑아지는 시선

짐짓 놀라 지경地鏡에 구름 모아
소곤소곤 손님을 청하여
츱츱한 산야 빌딩숲 처마 밑
구석구석 씻어 내리면
한층 짧아진 거리감이 좋았지

선명해진 능선 시야에 들어
너의 모습 기억하려
이기利己의 폐해 거듭되어
마침내 견우 직녀 다름없이
그리움의 늪에서 몸부림치는 거지

물안개 잔잔한 낭만이 있고
비온 뒤 투명한 날,
너 만날 설레임에 젖는다.

정인情人 1

귀에 남은 다정한 음성
별빛 총총한 밤 반짝이던 눈동자
동구 밖까지 따라오던 그 마음이
명아주 흐드러진 들판을 떠돌며
울부짓던 지난여름 추억을 삭인다
썰물처럼 빠져나간 너의 자리에.

정인情人 2

바랜 색무명 얼룩처럼 진한 여운이 남아
동그마니 투명한 하늘을 자꾸만 응시한다
옷자락 스미는 바람이 다가와 속삭이듯
세세한 감성을 다독이며
바람결에 내 마음 실어 전해본다
돈들막* 건너 바다 건너 단숨에 달려갔을…

* 돈들막 : 돈대墩臺의 몹시 비탈진 바닥.

정인情人 3

우리들이 함께 했던 그 시간에
홀로 새벽 하늘을 지키는 북극성을 보았어요
주렴취각에서 저 혼자 그윽하게 반짝반짝
빛을 발하며 정담 엿듣고 있었잖아요
자정이 지나 깊고 푸른 하늘에 그려지던
별빛 고운 행복한 시간이었습니다
신비한 운치에 잠겨 더없이 투명했던 모습
그 정겨움 다시 없을 듯 시야에 가득합니다
세정細情에 얹힌 듯 줄곧 그리움에 떨던 날들
비로소 열리며 귀에 남은 당신 음성이 설레게 해
기슭에 두고 온 여남은 정일랑 거두지 말아요
대청호 산책로에 흩어졌던 당신 온기 모으게요.

정인情人 4

양 갈래 머리로 곱게 따아 리본 매주며
장정裝幀에 고이 담아 오래두고 보자던 사람
피아노 치며 미소 짓던 그 선한 눈길이
우연하게 마음을 미혹하여
메아리 울려퍼지 듯 은근히 어우르니
슬며시 깃들던 오직 맑은 기운 두 맘에 가득했다.

하늘에 그린 그림

청정한 해변에 두고 온 여름은
잎 지고 계절을 실어 나르는
바람에 쉼 없이 건들거린다
손 담그면 푸른 물이 들을 듯

자줏빛 노을이 물든 바다는
리트머스 시험지 같아
쏴아쏴아 보랏빛으로 밀려와
파랗게 부서지는 파도
이내 수평선 너머로 밀려간다

윤슬이 넘실대는 해안 따라
그리움을 피워 내고 그려놓는
아주 커다란 나만의 캔버스
더러 목놓아 소리치면
석양을 품어 분홍빛으로
주홍빛으로 물들었다가
어느새 파란 바다를 닮아 있었다.

첫사랑

여윈잠에 설핏 들려오는
한적한 수풀에 스치는 바람결
의초 깊은 님의 속삭임 같아

짙은 그리움으로
전에 없이
성글거리는 미소에
시룽새룽 혼미하여
대끼듯 설레듯 가슴시리네.

초승달

조용히 창가에 턱을 괴고 앉았더니
이제 막 떠올라
누가 볼세라 수줍은 님이여

소올솔 부는 미풍에
흘러갈듯 가냘픈 넋이
망망한 어둠속에 꼭 찍어 놓은
손톱자국 같구나

익은 어둠이언만
개밥바라기 살며시 따라나서
불식간 사라져버리니
무심한 별만 반짝이네

사과꽃 향기 분분한
초저녁 서쪽 하늘에서
우연히, 정말 우연히
그대를 마주하여라.

잔인한 사월 꽃이 지다

사고 세월호는 무엇이 부끄러워
후다닥 물속으로
몸을 숨겼단 말이던가

약년의 꽃봉오리 쓸어안고
무슨 욕심 그리 많아
아침결에 어쩌자고
속절없이 누웠는가 말이다
문명 이기 감당 못해
한풀이 하려했던 것이더냐

추적추적 내리는 비는
분명 반가운 봄비언만
노란리본에 흐르는 눈물이로구나
면난한 어른들의 미안한 참회 일테다

교정에 두고 간 꿈
천상에서 활짝 피워
사과나무에 배 열리는 일
없는 세상에서 살거라.

2014 이상한 봄

입춘 지난 지
이레 남짓 되었는데
온누리에 꽃소식
만발 했구나

필시 겨우내 기다림이
노여웠던게야
수락산 벚꽃도 화르르
꽃눈 터뜨렸으니

이태 동안 못 보았던
오랑케꽃 할미꽃도
우아한 튤립도
꽃을 활짝 피워내
더할 나위 없이 화사하지만

때 이른 꽃소식
대체 이 무슨 변고란 말가.

묵은 일기장

그리우면 그리운대로
더러 찌르르 저려 온대도
대신 달아나지 않게
꽁꽁 묶어 설합 속 간직해 둔다

편견 없이 거짓 없이
속내 다주었으니
지극한 사랑 연민은
또한 없었을라구

한갓지게 마주하여
소통 하던 순간들
구슬에 꿰어 목에 걸어 보면
그럴 듯 어울리는 게
절대 허허로운 것이 아니었음을
이제와 새삼스럽다.

가을 엔딩

갈테면 가려므나
잎새 떨어진 거리에
진하게 배인 너의 추억

거짓말처럼 홀연히
고운 손길 뿌리쳐도
에우는 발길
차마 잡지 못하니
하! 애통하구나

기다림은
삶의 원기라지만
늘 서둘러 달아나는
짧디짧은 유희
책갈피에 간직해 놓는다
너의 고운 흔적.

제4부

할머니의 슬픈 망향가

향수

대청호 심연에 잠든 고향집
옥답, 삼밭, 너른 들녘이 어딘지
기연가미연가 빈정마루*도 잠들었는데
뿌연 기억의 편린들이
한순간 수장되어 다시 볼 수 없으니
국가 시책이라도 실향이란 그저
삶의 터전 앗긴 악몽이리라

시무굿 올리며 조상님께 죄스런 맘
망덕望德에 간절했을 심정이었으리
"우린 망했다 조상님이 물려준 터전
물속에 버리고 나 살자고 내뺐으니"
목 길게 빼고 설움 삭여내던 할머니
찰랑찰랑 물결은 애달픈 망향가
잔잔히 넘실대는 호수 깊은 곳엔
여전히 사무치는 절망이 잠겨있다.

* 빈정마루 : 충북 보은군 회남면 신곡리 양지마을에 있었던 언덕.

오수午睡

살며시 깃드는
졸음에 빠졌는데
한적한 오솔길
참나리꽃 가득하네

자주 오가던
외갓집 가는 길
양 떼 구름 피어오르는
낯익은 그 곳

뻐꾸기 한나절
제 이름 불러대고
도라지꽃 수런수런
속삭임 감미로워

어느새 신록 짙어져
손잡고 노닐다가
초록물 흠뻑 들었네.

보름달

한껏 부푼 맘에
시 읊고 술 마시는데
가월佳月아래 몇 잎
붉은 단풍잎 떨어지니
위선을 벗고 형형한 달빛에
밤새 취하리라

둥실둥실 밝은 달
등촉처럼 환하여
가을빛 완연한 뜨락에
산그림자 놀러와
달작達作같은 가인과 더불어
정담 나누어 볼거나.

동네 길모퉁이

할머니 노점은 북적북적 항상 후하다
가지런한 물건이 손님들 구미 당기고
구석진 한 켠에 요모조모 필수품 다 있어
인정가화人情佳話 더불어 삶의 냄새 구수하다
지나는 발걸음 저절로 머무는 곳에는
오가는 정 가득한 동네 사랑방이다.

열쇠

월급날 아부지 손에 들렸던 꿈
검은 봉다리에 담겨진 소박한 정성
원동 할매집 인절미 사오시는 날엔
화다닥 달려 나가던 아롱다롱 오남매

연 꼬리 느실거리면 함께 달리고
봉숭아꽃 찧어 손톱에 묶어주시며
선명하게 꽃물이 들어야 한다던
울 아부지 참 자상하셨다

연탄불 살펴 따뜻한 아랫목 내어주시고
새록새록 정겹고 훈훈했던 어린 시절이었다

우리 마음 꼭 집어 헤아리며
어떤 어려움도 척척 해결 해주신
행복을 여는 실마리이셨다

이제 머리 허연 중년이지만
지금도 든든한 후원자요
세상을 보는 지혜의 샘이시다.

청산

복지관 수업 시간표 붙이며
흐뭇해 하시는 팔순 아버지
붓글씨 사물놀이 요가 노래교실
다양한 배움의 끈 놓지 않으신다

상쇠로 팀원간 유대 좋으시며
경연대회 수상도 하시고
활발한 노익장을 유지하신다

애들 키우며 지치고 어려울 때
열정적으로 꽹과리 치시고
붓을 잡은 단정한 모습 보면서
재충전하고 의욕을 채우기도 했었다

항상 긍정적인 가르침에 힘 얻고
꿈을 키우는 정서적 스승이며
그대 닮은 아버지는 바로
큰 바위 얼굴 늘 푸르른 산이다

은발에 주름진 얼굴이지만
정서와 감성은 청춘이며 신록이다.

어머니

원피스 잔잔한 꽃무늬가
꽃밭보다 오히려 화사하여
그윽한 듯 촉촉히 배어나는
그 향내 복욱하네

이엉 위 수줍은 박꽃
달빛에 우련히 빛나던 밤
정한수 한 그릇에 온 마음 곡진히 담아내던
지극한 님이시여.

추억

봉숭아꽃 따서
장독 옆에 옹기종기 모여
숭숭 잎사귀도
함께 뜯어 넣고 짓찧어
어린 시절 아련한 추억을
곱게 물들여 본다

꽃물 든 손톱엔
엄마의 미소가 스몄지
물끄러미 주름진 손을 보니
가슴이 아려온다.

시골 밥상

상상만으로도
군침이 도는 걸
추억 속에 아련한
외할머니 손맛

요즘 쌈장보다
풋고추에
노란 된장 꾹 찍어
찬물 말아 먹던 보리밥

배고플 땐
시장이 반찬이라지만
추억 속에 각인된
그 맛은 잊을 수 없어.

내 동생 명희

긴 다리 고운 매무새며 옷맵시
행동으로 아름다움을 표현하고
소탈한 성격에 넉넉한 품
제 할일 척척 알아서 하는 멋쟁이죠

배려할 줄 알고 용서하는 마음 깊어
가족들 유대관계 좋게 하며
해맑은 성정에 부모님 부양 아낌없어
줘도줘도 아깝지 않은 우리가족 보석이다

한결 같은 효심으로 자신을 벼리며*
잔손길 필요한 부모님의 손발이요
살가운 정으로 가족들 화목하게 하니
안일하지 않은 그 모습, 바로 천사가 아닌가.

* 벼리다: 마음이나 의지를 가다듬고 단련하여 강하게 하다

여백

농무 드리운 대청호에 계절이 깊어가고
명과* 열매 붉게 익어 고운빛 미혹하네

이파리 누렇게 갈방잎지며 소슬바람 불면
부드럽게 수면위로 잔물결 일어
올랑촐랑 호숫가에 부딪친다
할머니께서 짓던 한숨처럼 애잔한.

* 명과 : 청미래덩굴의 열매. 충청도방언

대청호 연가

먼빛에
더욱 푸르른 대청호
산빛을 머금어
연초록 물빛이구나
바라볼수록
옥빛 물결에 미혹하여
가슴에 스미어
삼백 예순 날 내내
기다리는 사랑옵던
님의 품속 같아라.

빈정마루 느티나무 아래서

봉숭아 꽃물들인 손톱 고운 여인을 본 순간

여우비가 어지럽게 내리던 여름 끝자락에
인적 드문 빈정마루 느티나무 아래서
의도하지 않았던 긴 이별의 늪에 빠졌었다

봉적으로 찔린 듯 내내 가슴앓이 몇 해던가
나박나박 호박고지 썰어 펴널던 섬섬옥수
아직도 기억 속에 애잔한데
꽃답던 나이에 홀연히 비구니가 되어버린
물거울에 자주 매무새 다듬던 고운 자태 생각나
들레던 어린 시절 뒷동산에 참꽃 따며
나물캐러 나갔다 길을 잃곤 했었지

손톱에 봉숭아 꽃물 들이며 재깔재깔
잔잔한 정을 나누던 그 친구, 불현듯 그리워진다.

아버지

회초리 들고 짐짓 화난 척,
그 표정

연필심 개먹는다
떨어뜨리지 말라던
자상한 눈빛 서느렇던 질책이
지금은
하얗게 표백된
기억의 뒤란을 맴돌며

늘 푸르른
당신의 모습을 봅니다.

손자 라온

검은 머리숱은
제 아범이요
이마며 코는
제 어멈 쏙 뺀 듯 닮았고
아직은 마땅치 않은 듯
꼭 감은 눈은
서책 좋아하는,
부전자전이구나

화색이 감도는
그 모습은 벅찬 설레임
이토록 기쁨을 주는
조그만 녀석의 힘은
타오르는 불꽃처럼
가슴 뜨겁게 하니
따스한 볕의 기운
뜰 안에 그득하구나.

선물

결혼기념일에
봉숭아 꽃물 들여 준 옆지기
매년 옷이며 가방 보석
아님 근사한 맛집에서 분위기 내었는데
어느 날 어린 시절 생각나
봉숭아꽃물 들이면 좋겠다 했죠

그해엔 안면도로 여행을 갔었는데
어느 조그만 교회 마당에 활짝핀 봉숭아꽃으로
멋진 기념일 추억을 만들었답니다

어느 때 보다
예쁘게 물들었던 봉숭아 꽃물
예뻐 한 컷 찍어 간직했지요
벌써 십여 년 전의 추억
하여 봉숭아 꽃을

봉숭아 꽃은 선물이라 하지요
선물…

기다리는 마음

설레는 맘에 깃드는
맑은 기운이
대청마루 사이로
가득 스며든다

목석연한 장독들
햇살에 윤이 나네
진눈깨비 오던 엊그제
봄이 실려 왔던걸까

이레 지나면
정월 대보름이니
대숲에 드는 봄 기운
달빛이 먼저 알겠구나.

유등천변에서

미혹하여
나도 모르게 달려갔던
그 길섶에
맑고 산뜻한 개나리 꽃이
물감을 흩뿌린듯
지천으로 내뿜은 색소들,
노랑 노랑 노랑
하! 별들이 속삭이는
세상이 되었네
한적한 개울가…

여름에

물놀이 즐거운 냇가에
계절이 무르익는다
봉숭아꽃 수줍은
동네 어귀에
댓바람에 달려나갔을
부산한 악동들

물장구치는 소리에
하루 해가 다 가고
산마루 넘는 구름
어느새
붉은 노을 머금으면
고즈넉한 마을에는
저녁연기가
소옴소옴 피어오른다.

곡우즈음

그음하던* 단비에
못자리 찌겠다
소식 없어 눈흘기던
가슴앓이란…
편곡하지 않은
순수한 노랫소리에
지지누르던 높새바람
혀를 빼물고
한올진 녹음,
가슴으로 치르르 들어앉는다
구경 속 좋은 꽃철
이정표에 단단히 걸어두었으니
숙성된 봄날은
갈피표가 되겠지.

* 그음하다 : 그치다 잠잠해지다 (순우리말)

무상無常

마뜩한 도시락 찬거리
늘 궁리하시던 엄마
당초무늬 호박단 치마
참 잘 어울렸었다

노안에 분 바르시며
가만히 웃는 모습
여전히 예쁘시다

언제나 단정하셨던 자태
변함 없을 것 같았는데
이제 허리 굽고 쇠잔하셔서
에우아리* 밥 한 그릇
채 비우지 못하시고

게오게오 몇 술에
배부르다 하시니 맘 아프다.

* 에우아리 : 바리때, 주발

어쩌다 찾은 즐거움

코로나19 창궐하여
집안에 갇힌 일상
애꿎은 장롱정리 냉장고 청소를
하고 또 하고
오늘은 싱크대 정리를 한다

오랫동안 쓰지 않던 그릇들을
떨어 내듯 죄다 버리려는데
살림날때 엄마가 챙겨주셨던
커다란 푼주가 눈에 든다

몇몇 그릇중 아끼던 것인데
새 그릇에 밀려
잊었다가 새삼 만나니
그리움 절절하여 품에 안고 뭉클했다

열무김치 된장찌개 고추장 넣고
쓱쓱 밥비벼 먹을때 더없이 좋았다
마치 울엄마 품 넓은 마음 닮은 것이

요즘 우울한 정서로 상실감에 젖어
반복되는 일상을 탈피하려

애쓰다 찾은 소중한 추억으로
며칠은 뿌듯함으로 견딜만 하겠다.

제5부

당초무늬 길게 드리워

들국화

아무도 찾지 않는 뒷동산 지천에
가만가만 들꽃이 함초롬히 웃고 있네
오밀조밀 작은 꽃 송이송이 어우러져
인적 드문 오솔길 삽시간에 축제구나
돋보일 것도 없이 그저 수수한 듯
아무리 보아도 질리지 않는, 오히려 화사한 자태여.

오월, 멋진 날에

가장 행복했던 봄날, 생일
을왕리 해변에 그린 꿈들은
푸르른 신록만큼 아름다웠다

무난스레 불투명 했던 시간들이
한곳을 향하는 마음 알아주니
함박눈 내릴 겨울은 또 얼마나 고울까.

꽃샘

봄맞이 하러 길을 나서면
이야기 꽃핀 언덕 너머에
가까이 다가와 머뭇거리는 너
벌 나비 꽃들이 기다린다
꽃망울 잔뜩 움츠리고 있잖아
요즘 축제에 설레고 있는데
아서라 함께 못해 딱하지만
그간 누린 풍미, 욕심 내려놓고
미련 없이 내게 맡겨봄이 어떨까.

여름날

당초무늬 길게 드리워
머루넝쿨 그려 넣으니
신록 짙푸른 떡갈나무 숲
청설모 신이 났네

없어져가는 도토리
풍성히 그려 넣은 까닭이나
이초방초 사이에
산도라지꽃 청초하고
난만한 기화요초
향그러운 탓이리라

못비에 흠뻑 젖은 장미
울안에 만발하고
살랑살랑 꽃향기
뜨락에 가득하구나
아찔한 햇살이
온천지 달구며 숙성하듯.

청추淸秋

들길 따라서 산들 부는 바람결에
꽃향기 부드럽게 실려 오니

화관족두리 씌워 주던 손길 마냥
참으로 복욱하고 감미로워라

나긋이 스미는 그리움은 깊어지고
무서리에 노랑 국향 더욱 그윽하네.

억새꽃

새새거리며 웃기도 하고
마치 새가 울듯 슬피 울기도 하지
환절기엔 가장 먼저 알아달라
전령의 깃발을 날리기도 하며
오가는 이들의 감성을 자극하고
너를 보면 왠지 살갑기도 하지만
하염없이 쓸쓸하여 가슴 미어져
끝 간 데 없이 다 왔나 싶도록 울컥해
서둘러 달려와 함께 웃고 더불어 피어나
집안 분위기마저 온통 네 것으로 끌어안았다
예민한 감수성 자극하여
종내는 마른풀 서꾸이는 들녘을 지키며
석양에 물들면 아픈 맘 쓸어내리지
된서리 내려 날로 듬성해지는 산등성이에
새초롬한 표정으로 손짓하는 모습은
지금껏 가을을 좋아하는 까닭이다
몹시 기다렸어도 네가 피워낸 계절의 향기는
그다지 달갑지 않으나
하얗게 미소 지으며 미혹迷惑하는
참으로 깊고 미묘한 아름다움을 지녔다
하여 너를 아끼는 이유다.

분꽃

고즈넉한 자태
향기 또한 그윽하구나
에두릅던 한낮 열기
노을빛에 다독이고

도담도담 울밑에서
바람결에 까르르
저녁어스름에
구름 쫓는 요정 같아

소박한 미소
산뜻한 꽃빛깔
다소곳이 분바르던
울엄마 냄새가 난다.

풍랑風浪

청청한 물결따라
산그림자 너울너울
미처 꿈결에서 덜 깨어난
조각달처럼
급류에 휩쓸리는 동심처럼
덩실덩실 춤을 추며
허리를 흔들어대고
굴먹한 호수에 담긴 세상도
덩달아 춤을 춘다.

달빛 우연한 날에

눈보라 허허롭던
강나루 어귀에
월홍이 그윽하니
밤 더욱 길다

춘삼월 머잖아
강물은 풀리고
눈뜨는 매화눈아
담장 위를 지나려한다

싸목싸목 바람에 날려
전해오는 매화 향기
움칫 놀라 창을 여니
섬돌 아래 달빛이 가득하다.

비 개인 후에

해거름녘 비가 들자
운무 자욱하여
이미 어둑어둑 한데
도대체 어느 겨를,
그리도 은근스레
청초한 조각달은
구름을 헤치고 나와
수면위를 배회한다는 말인가
욕심없이 호수는
달빛을 토해냈구나.

한가자족閑暇自足

호반 누각의
맑은 경치 바라보니
산 그림자가
잔잔한 호수에 비쳐든다

다번을 벗어나
찌든 마음 씻어내니
거칠고 삿된 기운
물결처럼 흐르는구나

지초방초 벗삼아
두려움 없이 세속을 본다면
호수와 산의
푸른빛으로도 충분 하여라.

달개비꽃

달작 같이 도도한 척
한여름 끌어안은
빛좋은 청보라
웃는 하늘 닮았네

보는 이 없어도
오밀조밀 모여 앉아
마음에 담기지 않을지라도
두둑진 논두렁에
흔하디 흔한 품 내보이며
옴직옴직 온몸으로 말을 건네는
음전한 고개짓이 눈에 드는구나

예나제나 한결같이
낮고 습한 곳에서
눈에 들지 않는 다소곳함이
오히려 발길을 멈추게 하여
오랜 추억을 들추게 한다

홀로 웃던 청보라빛
여전히 곱고곱구나.

윤회輪廻

달품은 서쪽 하늘
벽옥 같이 맑아라
대뜰에 스미는 봄,
그 정을 금할 길 없고
장구배미 부는 바람에
버들가지 연기 같이 푸르네

발길 뜸한 뒤곁엔
살구나무 분홍이 감돌고
슬며시 웃는 아름다운 계절이
또 다가오니
길섶에 방초 변함없이
봄 풍경 짙어진다.

봄이 온다구요

간간히 불어오는
온기 실은 바람결
멀리 지평선 위에
아지랑이 설레는 한낮에
스며드는 기운
참으로 감미롭구나

타박한 과자 닮은
해토머리 흙내음
일양일 다정한 햇살에
사뭇 들레는 마음이어라.

팬데믹 정서

서리꽃 가득 앉은 나목에
산노을이 따스하게 녹아드는데
마을굿 그윽히
지켜보길 언제였나
루원에 한창이던 발길도 뜸하고
노랫소리 처연한 까마귀떼
싸리비자 두른 초가 위를 맴돌며
곱놓이는 코로나19 오미크론 재앙
구휼에 유무상통하길 기원하듯
듬그럽게 울어대는구나.

구름

구름이 그린 꽃밭,
가을이 한창이네
절대로 끝날 것
같지 않던 폭염도
초연히 계절에
스러지고 뭉게뭉게

쑥부쟁이 구절초
여문 해바라기도
부산한 벌 나비도
다 품은 하늘엔
쟁알쟁알 악동들
달음박질도 담는다
이제 계절의 끝자락에
높아지는 하늘.

연가

봄치레 가득한 뜨락에
바람결이 다디달다
나무 끝에 걸린 구름
무슨 사연 싣고 왔나
언니 보고프다던
동생의 속삭임일까

코로나 핑계로
엄마 아부지 뵈온 지 넉 달여
제비꽃 소곳소곳 자란
산책로 언덕 위에
날 저물어 창망한 저녁빛이
온 마음으로 묻어오고
언뜻언뜻 들려오는
별들의 밀어 감미로워
어느새 마음은
고향집으로 내닫는다

미세먼지는

복찻다리 건너
초록 바람 불어 오는데
사월 파일 지나도록
터분한 하늘
꽃샘보다 더 짓누르는
봄철 훼방꾼 이다

폐해 심각해도
상춘객 미소 속에
기상망명족 이란
새로운 말을 만들었다

기상 이변은
인간 이기가 만든 재앙
에우는 잿빛 손길
'침묵의 살인자'다.

꽃비

그대는
끝없는 노정路程에 흩날리는 찬가
아름다운 이들 나들이에
살가운 손짓 하염없이 다정한 속삭임
고운님, 온 마음 온 힘으로 반긴다

기다렸다고 바로 지금이라고
일제히 화르르화르르 날리여
노안에 살며시 스치는 애교스런 담소다

봄이 쏟아져 내리는 한낮에
노부모님 모시고 나서는 드라이빙
주름진 두 손으로 받아내는 미소이며
그대는 또 다른 효도요, 감사의 선물인가

요즘 대청호반 길은 벚꽃 터널
"꽃길로 들어갔다. 꽃길로 나왔다"
"꽃들이 죄다 동시에 만나기로 짰나보다"
문득 아부지 말씀이 감동을 자아낸다.

소라껍데기

파도 소리 가득 담고
텅빈 속 달래는 너는
뭍에 사는 내 마음을 사로잡았다

귀에 대고 있으면
쏴아쏴아 아우성치는 바다
지난 여름 데리고 온 너는
고향 그리워 끈임없이 속삭인다

대청호 찰랑이는 물결이
수몰민의 망향가이듯
언제나 노래하는 애틋함은
너의 향수鄕愁일테지

바다가 그리워 귀에 대고
서로의 외로움 공감하며
손잡고 경포대 모래톱을 거닐던
첫 사랑의 연가를 듣는다.

존재의 인식과 자연 서정의 진실 탐구

존재의 인식과 자연 서정의 진실 탐구

- 최명숙 시집 『라온제나』

김 송 배
(시인·한국시인협회 심의위원)

1. 자성으로 인식하는 존재의 의미

　현대시의 위의(威儀)는 우리 인간들이 추구하려는 인생의 가치가 무엇이며 어디에서 탐색하고 있는가라는 지극히 지적인 사유(思惟)에서 살펴보아야 한다. 일찍이 프랑스의 탁월한 근대 시인 보들레르는 시는 기쁨이든 슬픔이든 항상 그 자체 속에서 이상을 좇는 신과 같은 성격을 갖고 있다는 말로써 시가 간직한 특수성을 우리들에게 전해주고 있다.

　이러한 견해나 조언은 우리가 시를 창작하고 시를 읽으면서 감응(感應)해야 할 정신적인 착안점은 작품을 대하면서 스스로 자신을 인식하고 성찰하면서 존재의 의미를 탐구하는 일이다. 이는 시의 목적이나 시정신에도 합당한 보편적인 담론에 지나지 않지만 우리 시인들은 이와 같은 정서의 발현에서 창출하는 사유의 근원에서도 불변의 진실이라고 할 수 있을 것이다.

최명숙 시인이 상재하는 첫 시집 『라온제나』의 작품들을 일별하면서 이러한 그의 내면세계의 정감적인 안온함을 읽을 수 있게 하는데 이는 그가 평소에 일상화하는 평정심에서 자신을 되돌아보는 습성이 바로 작품 「창가에 누워」 전문에서와 같이 "팔베개 하며 길게 하품을 뿜고 누우니/ 달빛이 창가에 깊숙이 비춰든다/ 남빛 안개 속에 잠긴 숲은 달빛에 젖고/ 빛바랜 기억의 편린들이 어둠속을 떠돌다가/ 하느작하느작 품안으로 잦아드는데/ 촉촉이 스미는 그리움,/ 먼 곳 향하는 내 마음이여."라는 심적인 안정을 갈망(渴望)하는 심저(心底)를 이해하게 한다.

'내 나이가 어때서' 라고 노래들 한다
아! 옛날이여 마음은 언제나 푸르른 데
생각은 아름다운 날들에 머무르고
이상을 갈망하며 현실 인정 싫어하지

풍부한 감성은 젊음의 비결이겠으나
경우에 걸맞는 또래 문화가 옳으리라
분칠하여 가꾼다고 마냥 꽃피는 시절일까

이제는 넉넉하게 익어가는 알찬 중년으로
세상을 너그러이 이해하고 위안하며
스스로 아끼고 다독다독 챙겨야 할 때이다.
                              － 「지금은 그렇지」 전문

최명숙 시인은 유행가 하찮은 가사 한 소절에서도 이상과 현실에 대한 갈망의 인정을 부정하는 상황을 설정하고 지난날 젊음에서 여망하던 사유가 "분칠하여 가꾼다고 마냥 꽃피는 시절일까"라는 의문에서 그는 상당한 가치관의 혼란을 야기하고 있다. 이러한 그의 깊은 의식의 흐름은 "이제는 넉넉하게 익어가는 알찬 중년으로"서 그가 인식하는 인생의 행로는 "세상을 너그러이 이해하고 위안하며/ 스스로 아끼고 다독다독 챙겨야 할 때"라는 긍정적인 자성(自省)의 가치를 더욱 소중하게 발현하고 있는 것이다.

　　그는 아직도 나이탓만 하지 않고 젊은 인생과 동행하는 자신에게 "연둣빛 망울망울/ 떡갈나뭇잎 순 터뜨려/ 거풋거풋 몸부림에/ 까르르 바람이 웃고// 미풍에 예쁜 꽃들/ 맑은 향기 뽐내니/ 줄풍류에 한가롭게/ 사계절 독차지하고 살고파라.(「지락至樂」 중에서)"라는 어조로 현재의 삶에서 구현하려는 인생론은 지락의 경지를 여망하고 있어서 그의 의식은 안분지족(安分知足)의 심혼(心魂)을 이해하게 한다.

　　　눈록嫩綠 기다리나
　　　아직 동장군 서슬퍼렇네
　　　냇가에 능수버들 늘어져 하늘거리고
　　　로맨틱한 감성 너울거리는 봄날을 꿈꾼다

　　　얼룩진 코로나19 폐해,
　　　삶의 질 떨어졌어도

배낭 메고 나들이 갈 날 곧 오리라

진풍경에 힐링하고
따뜻한 마음 부비며
흔쾌했던 일상
제대로 누리길 소망하고
적잖은 삶의 무게
굳게 이겨 나갈 일이다.

－「언젠가는」 전문

최명숙 시인은 지금까지 살아오면서 밟아왔던 삶의
궤적(軌跡)에서 어떤 고뇌와 수난(受難) 같은 불합리의
요인들을 그는 너그럽게 수용하면서 "언젠가는" 그가
결론으로 적시한 "삶의 질 떨어졌어도/ 배낭 메고 나들
이 갈 날 곧 오리라"는 봄날을 꿈꾸고 있는 것이다.

그는 이러한 삶에서 파생하는 희로애락(喜怒哀樂)에
대하여 조응(照應)하는 심적인 여유를 발현하면서 그의
소망과 기원이 언젠가를 위해서 "제대로 누리길 소망하
고/ 적잖은 삶의 무게/ 굳게 이겨 나갈 일"임을 안정적
으로 다짐하는 그의 자성을 엿보게 하고 있는 것이다.

그의 정감적인 내면에는 "힘닿지 않는 선경/ 더불어
심호흡하며/ 들레는 마음 거리낌 없이 나누고/ 번거롭던
속진(俗塵)/ 연두빛 고운 바람결에 씻어내고 왔다(「나만
의 유희」 중에서)"는 어조로 세상의 속진을 씻어내기
위해서 자신의 정갈한 의식을 정비하는 시심을 이해하
게 된다.

2. 계절적 시간성에서 탐색하는 자아

　최명숙 시인은 계절적인 시간에서 민감한 반응을 보이고 있다. 이처럼 계절에서 자신의 체험이 형상화하는 시법은 흔히들 볼 수 있는 광경이지만, 그는 특히 작품 「초여름」 「한여름」 「초겨울 소묘」 「겨울밤 소묘」 그리고 「추분」 「가을길목에서」 「십일월 중순에」 등과 같이 사계절 전체를 순화하면서 창출하는 이미지나 정감적인 교감은 우리들의 공감을 흡인하고 있는 것이다.
　그는 "도라지꽃 청초한/ 양지녁 언덕빼기엔/ 전에 없이/ 사무치는 이 맘 아는지/ 자주빛 그리움/ 지천에 피었구나(「초여름」 중에서)"라는 어조와 같이 각 계절마다에서 절감하는 그의 서정적인 향취가 진정한 그의 울림으로 현현되고 있는 것이다.

　　설익은 재주, 꽃 누르미 할 때
　　고운 소망 털어 끼워놓은 지난 추억
　　월여月餘 지나
　　이른 여름 석양빛 아래 들쳐본다

　　빛깔 고운 꽃잎
　　한 편의 야무진 시어로 남아
　　소박한 복사꽃 분홍빛 닮은 듯
　　포닥거리는 나비날개로 파닥 거린다

　　는개비 오락가락 푸른 밤

날리는 낙엽에도 잠시 눈물 훔치던
그 청순함 다시 느껴볼 수 있을까

책갈피에 양지꽃
더없는 친구 비밀스런 창고로 남아
투정어린 푸념 마다않는
한 여름을 유영한 선물이 되었다
진정 내 편으로서.

　　　　　　　　　　-「여름일기」전문

　그렇다. 최명숙 시인의 여름 일기에서는 많은 아쉬움
을 동반하고 있다. "는개비 오락가락 푸른 밤/ 날리는
낙엽에도 잠시 눈물 훔치던/ 그 청순함 다시 느껴볼 수
있을까"라는 그의 의문은 심도(深度)있게 진행중이어서
그 의문과 아쉬움은 지금도 책갈피에 남아 있는 양지꽃
이 더없는 친구로서 여름 투정을 받아줌으로써 내 편으
로 만들 수 있으며 이 여름 날 일기에서 감응한 "여름
석양빛"의 정경에서 들쳐보는 추억이나 청춘의 아쉬움
등이 그는 "한 편의 야무진 시어로 남"기를 여망하고
있는 것이다.
　여름은 우리들에게 생명의 에너지를 제공하는 원천이
다. 이 여름의 이미지는 봄의 새 생명인 새싹이 이제 청
춘의 활성화를 제공하는 녹음방초(綠陰芳草)의 계절에
그는 "조용히 그리고 오래도록 가슴을 앓던/ 음전한 소
녀의 첫사랑 같이/ 들뜬 밤이여.(「한여름」중에서)"라는
어조로 일기를 쓰고 있는 것이다.

노오랑 국화 해질녘 향기 더하며
하늘은 잔잔한 호수에 잠겼다
꽃길 따라 하염없이 노닐다가
붉으레 타오르 석양을 몰랐어라

석훈夕曛*이 곱게 엉켜있는 은행잎과
섬돌 아래 거친 풀 아직 파란데
성급한 마음, 찬바람 스며 쓸쓸하고
불원간 오실 님 그리움 더욱 깊다

빛나는 꿈 함께 나누자던 속삭임
울긋불긋 단풍으로 물들고
은근한 국화 향기 바람에 실려와
그윽하여 계절 깊은 줄 알겠네

들녘은 시나브로시나브로
주명朱明을 삼켜 기다림에 발효된 채
송채送綵 받은 새악시 벅찬 설레임
날마다 낯빛 붉은 수줍음이 어린다.

* 석훈: 해가 진 뒤의 어스레한 빛.

— 「추색秋色」 전문

　　최명숙 시인은 가을에 대한 감응도 남다르게 현현되
고 있다. 이 "추색"은 가을이 펼치는 계절의 색채와 향
기를 충만시키고 있다. 해질녘 호수의 정경에서 감명하

는 꽃길과 석양의 이미지는 "불원간 오실 님"에 대한 그리움으로 변전(變轉)하고 있어서 가을이 간직한 정감은 새악시의 설레임이거나 수줍음이 동반하는 그윽한 시혼이 발현되고 있는 것이다.

그는 가을의 이미지인 풍요와 성취 등을 뒤로 하고 그리움과 기다림의 진솔한 시법을 응용하여 만추(晩秋)의 낙엽을 연상케 하는 "찬바람 스며 쓸쓸"하다는 근원이 바로 다가올 새봄과 같은 계절의 향훈을 기대하는 인내로써 설레임과 수줍음을 적시하고 있는 것이다.

다시 그는 작품 「가을 길목」 중에서 "사랑옵던 님/ 함께 거닐던 언덕 너머로/ 아직은 성급한 초가실/ 색바람에 실려/ 단내음이 풍겨 온다."는 초가실(초가을의 방언)의 추억이 있는가 하면, 작품 「초겨울 소묘」 중에서도 "바르르 떨리는 몇 안 되는 나뭇잎은/ 춤추듯 무성했던 여름을 회상하며/ 소리 없이 연둣빛 봄날을 그리겠지"라는 계절의 정감에서 서정적인 자아를 탐구하고 있는 것이다.

3. 절절한 그리움의 이유, 그 기억들

최명숙 시인은 다시 자신의 과거 일기장이나 앨범을 정리하면서 상기하는 그리움에 대한 이미지를 투영하게 된다. 그의 상상력이나 사유의 범주(範疇)는 어떤 불망(不忘)의 체험에서 발현하겠지만, 이 그리움은 다양한 형태로 현현되면서도 사랑이라는 근원적인 인생의 흔적에서 발발하는 경우가 다수의 의견이다.

물론 사랑의 개념에는 다각적인 면에서 생각해 볼 수도 있겠으나 한자말로 챙겨보면 애정, 우정, 모정(母情), 자애(自愛-self love) 등등으로 살펴볼 수 있을 것이다. 그러나 대체로 상사일념(相思一念)인 사랑에 대한 그리움이 시법에서 많이 응용되는 것을 목도(目睹)하게 된다.

그리움 한 조각 오려내어
알맞게 다듬고
대롱대롱 매달린 추억
한 움큼 따 버무리니
펀펀 날아드는 소멸된 시간들이
지스락물 고인 듯
허기진 가슴에 꽉 채워진다

한뎅이던 감성
다시금 쌍끌이로 끌어올려
구비로 떠다니던 기억들
앨범에 정리하면
절절한 까닭
그루터기에 찰찰 묶을 수 있겠다.

－「내 나이」 전문

최명숙 시인은 추녀끝에서 한 방울씩 떨어져 고인 지스락물(낙숫물)의 아련한 시간들이 추억 속의 그리움으로 형상화하고 있어서 공감의 영역을 확대시키고 있는 것이다. 그는 자신의 나이를 반추하면서 그동안 가슴 깊이 고여 있던 그리움을 오려내고 있다.

그는 이러한 그리움의 원형을 한 조각 잘라내어 지금 내 나이쯤에서 "그루터기에 찰찰 묶을 수 있겠다."는 어조로 자신을 돌아보고 있는 것이다. 거기에는 "대롱대롱 매달린 추억"과 "구비로 떠다니던 기억들"이 앨범을 정리하면서 재생되고 있어서 그의 그리움의 이유는 스스로 정의하는 데는 난점(難點)이 있을 것 같다.

그는 "그리우면 그리운대로/ 더러 찌르르 저려 온대도/ 대신 달아나지 않게/ 꽁꽁 묶어 설합 속 간직해 둔다(「묵은 일기장」 중에서)"거나 "짙은 그리움으로/ 전에 없이/ 생글거리는 미소에/ 시룽새룽 혼미하여/ 부대끼듯 설레듯 가슴시리네.(「첫사랑」 중에서)"라는 애절한 이미지들이 많은 감동으로 흡인시키고 있는 것이다.

들마루 누워 별을 헤며
꽃피는 마음 그리던 날
더욱 그윽한 형향馨香
기인 추억으로 남아 있다

영원히 머무를 줄 알았지만
풋풋한 시절 무색하게 지나고
낙엽은 책갈피에 다소곳한 데
뒤설레던 마음 아랑곳 없네

덕지덕지 응집된 그리움
이따금 하늘에 담긴 꿈을 캐며
끝 간 데 없이 날아오르던 때가
이제는 아련하기만 하다

한곳에 집착하여 어리석은 단견으로
홀로 다가진 듯 우쭐대는 사이
시선은 짧아지고 은빛 서리 내렸네.

─ 「응시凝視 2」 전문

또한 그는 「응시」 연작시를 통해서도 아직 남아있는 긴 추억을 반추하는 어조들이 그리움을 확대하고 있다. "덕지덕지 응집된 그리움/ 이따금 하늘에 담긴 꿈을 캐며/ 끝간데 없이 날아오르던 때가/ 이제는 아련하기만 하다"는 간절한 그리움의 형체가 아련해지는 현재의 심저에는 지나온 체험이 오매불망(寤寐不忘)으로 각인되어 있는 것이다.

그는 "니트숄 걸친 가녀린 어깨 너머/ 그리움이 응집되어/ 까슬까슬 말라버린 잔디위로/ 봄기운이 어리는 듯 하여라.(「설레임」 중에서)"거나 "위안 속에 깊이 간직한 반월 그리움/ 일곱 빛깔에 스민 간절한 소망이여(「무지개」 중에서)" 그리고 "월홍(月虹)에 눅눅히 젖어 스미는 그리움으로/ 아련한 추억 여행을 떠난다 (「응시 3」 중에서)"와 같이 그의 그리움의 진원지는 외적인 사물에서보다 내적인 의식의 흐름에 따라서 더욱 가독성(可讀性)이 현저하게 나타나고 있는 것이다.

4. 고향집 혹은 가족들의 애환

　최명숙 시인에게서 영원히 지울 수 없는 흔적으로 남아 있는 향수가 시적 발상으로 재생되고 있다. 이는 누구에게서나 균질화(均質化) 되어 있는 고향에 대한 여운이 작품으로 형상화하는 것이다.

　최명숙 시인의 뇌리에 잠재해 있는 향수 의식은 고향집과 가족들의 생활상에서 추출하는 정겨운 실생활(real lifed) 속의 애환이 감동 깊게 적시되고 있어서 고향을 둔 자들에게는 명민(明敏)한 공감을 유로(流露)하고 있는 것이다.

　　대청호 심연에 잠든 고향집
　　옥답, 삼밭, 너른 들녘이 어딘지
　　기연가미연가 빈정마루*도 잠들었는데
　　뿌연 기억의 편린들이
　　한순간 수장되어 다시 볼 수 없으니
　　국가 시책이라도 실향이란 그저
　　삶의 터전 앗긴 악몽이리라

　　시무굿 올리며 조상님께 죄스런 맘
　　망덕望德에 간절했을 심정이었으리
　　"우린 망했다 조상님이 물려준 터전
　　물속에 버리고 나 살자고 내뺐으니"
　　목 길게 빼고 설움 삭여내던 할머니
　　찰랑찰랑 물결은 애달픈 망향가

잔잔히 넘실대는 호수 깊은 곳엔
여전히 사무치는 절망이 잠겨있다

*빈정마루: 충북 보은군 회남면 신곡리 양지마을에 있었
       던 언덕

－「향수」 전문

최명숙 시인은 충청북도 보은의 한 마을에서부터 그
의 망향가가 시작된다. 대청호에 고향집이 잠기면서 생
활터전인 옥답과 "빈정마루"가 사라지고 지금은 "뿌연
기억의 편린들"로 그의 회상에서만 상기할 수 있다. 이
렇게 수장된 고향의 상황을 할머니는 "우리는 망했다"
고 한스러운 심정을 토로(吐露)하고 있는 것이다.

이처럼 "삶의 터전 앗긴 악몽"에서도 시무굿까지 올
리면서 조상님께 망덕의 간절함을 빌었던 할머니의 심
정은 대청호에서 "찰랑찰랑 물결은 애달픈 망향가"로
사무치고 있는 것이다.

이곳에선 어머니와 아버지가 지금도 그의 심연(深淵)
에서 지워지지 못하는 불망의 영원한 존재로 남아 있는
것이다. "원피스 잔잔한 꽃무늬가/ 꽃밭보다 오히려 화
사하여/ 그윽한 듯 촉촉히 배어나는/ 그 향내 복욱하네//
이엉 위 수줍은 박꽃/ 달빛에 우련히 빛나던 밤/ 정한수
한 그릇에 온 마음 곡진히 담아내던/ 지극한 님이시여.
(「어머니」 전문)" 또는 "회초리 들고 짐짓 화난 척,/ 그
표정/ 연필심 개먹는다/ 떨어뜨리지 말라던/ 자상한
눈빛 서느렇던 질책이/ 지금은/ 하얗게 표백된/ 기억의

140

뒤란을 맴돌며// 늘 푸르른 당신의 모습을 봅니다.(「아버지」 전문)"는 어조와 같이 그들의 자태와 표정들이 최명숙 시인의 전신에서 시적인 발현을 명징(明澄)하게 제공하고 있는 것이다.

　　봉숭아 꽃물들인 손톱 고운 여인을 본 순간
　　여우비가 어지럽게 내리던 여름 끝자락에
　　인적 드문 빈정마루 느티나무 아래서
　　의도하지 않았던 긴 이별의 늪에 빠졌었다

　　봉적으로 찔린 듯 내내 가슴앓이 몇 해던가
　　나박나박 호박고지 썰어 펴널던 섬섬옥수
　　아직도 기억 속에 애잔한데
　　꽃답던 나이에 홀연히 비구니가 되어버린
　　물거울에 자주 매무새 다듬던 고운자태 생각나
　　들레던 어린 시절 뒷동산에 참꽃 따며
　　나물캐러 나갔다가 길을 잃곤 했었지

　　손톱에 봉숭아 꽃물 들이며 재깔재깔
　　잔잔한 정을 나누던 그 친구, 불현듯 그리워진다.
　　　　　　　　－「빈정마루 느티나무 아래서」 전문

　　다시 그의 회상은 "빈정마루 느티나무 아래서"의 애잔한 추억에 머물고 있다. 여우비가 내리던 여름날, "꽃답던 나이에 홀연히 비구니가 되어버린" 친구와의 이별은 그의 의식에서 사라질 수 없는 불멸의 애환이다. 이

141

"인적 드문 빈정마루 느티나무 아래서" 펼쳐진 기억 속에는 "나박나박 호박고지 썰어 펴널던 섬섬옥수"와 "물거울에 자주 매무새 다듬던 고운자태"들이 뒷동산 참꽃을 따거나 나물을 캐다가 길을 잃었던 그 친구ー 그는 불현듯 친구의 정감에서 재생한 향수에 대한 시정(詩情)은 더욱 심오(深奧)해지고 있는 것이다.

이 밖에도 "할머니 노점은 북적북적 항상 후하다/ 가지런한 물건이 손님들 구미 당기고/ 구석진 한 켠에 요모조모 필수품 다있어/ 인정가화(人情佳話) 더불어 삶의 냄새 구수하다/ 지나는 발걸음 저절로 머무는 곳에는/ 오가는 정 가득한 동네 사랑방이다.(「동네 길모퉁이」 전문)"라는 어조와 같이 동네 사랑방의 정감이 잠뿍 담겨 있어서 더욱 향수의 지순한 애정이 철철 넘치고 있다

이처럼 최명숙 시인은 향수의 정을 다양하게 표출되고 있지만 특히 작품 「대청호 연가」 「여백」 「내 동생 명희」 「시골 밥상」 「청산」 「열쇠」 「오수」 등등에서 잔잔하면서도 대단히 짠한 그의 음성을 들을 수 있게 한다.

5. 시어의 발굴과 참신한 작풍(作風)의 진작

최명숙 시인은 많은 서정시를 창작하고 있다. 우선 자신의 존재 이유를 인식하기 위한 자성의 시법에 몰입하다가 현실적인 시간성에서 발현하는 서정적인 자연 현상과 마주 치게 된다. 그 이후에 향수에 대한 애잔한 이미지를 탐색하다가 자연 현상에도 시각을 돌리지만 그

가 착목(着目)하는 만유의 자연은 곧 시간(계절)과 병행
하면서 지속적으로 현현하는 서정시법을 이해하게 한다.

이 시집 『라온제나』에서 특이하게 읽을 수 있는 것은
그의 역작인 시편들에서 새로운 시어를 많이 활용하고
있다는 점을 간과(看過)하지 못한다. 대체로 살펴보면
어슬막, 쟁글거리다, 독뎅이, 시룽새룽, 말코지, 해옵스
레, 아름아름, 고상고상, 음전하다, 꽁냥꽁냥, 느즈기, 초
가실, 풀어음, 나박나박, 호박고지, 들레던, 재깔재깔, 서
꾸이다 등등 이루어 헤아릴 수가 없이 많은 언어들이
작품의 중심축에 놓이게 하는 특성이 있는 것이다.

이러한 새로운 언어의 발굴이나 응용은 그 시인의 언
어능력의 향상은 물론이지만 작품의 참신성을 제공하는
멋스러움도 감응하게 한다. 혹자(或者)는 시는 이미지로
형상화해야 하기 때문에 언어나 전개가 낯설어야 한다
는 논지로 설명하기도 하지만 우리 시인들은 우리의 순
수한 말을 사랑할 책무도 있는 것이다.

가령 최명숙 시인이 띄우는 작품 「그림자」 중에서
"얼교자 함께 나누던/ 어여쁜 벗이 아니라// 목눌한 몸
짓으로/ 졸졸졸 따르며/ 일언반구 응하지 않는/ 너를 알
겠구나."라는 표현에서 보는 바와 같이 (얼교자─식교자
와 건교자를 섞어서 차린 교잣상)와 (목눌(木訥)─고지
식하고 말재주가 없다.)이라는 단어는 사전에 의존하지
않으면 선 듯 이해가 불가한 말이다. 이러한 단어를 작
품에 사용하기 위해서는 얼마만큼의 언어 공부를 했는
지 짐작이 가는 대목이다.

앞으로도 더욱 좋은 작품 창작을 위해서 더 많은
새로운 우리말 {순수한 말, 옛말(古語), 방언(方言), 구어
(口語) 등}을 색인(索引)해서 활용하기를 권한다.
　시집 출간을 축하한다. ✍

최명숙 시집

라온제나

1판 1쇄 펴낸날 2022년 6월 15일
지은이 / 최명숙
펴낸이 / 김송배
펴낸곳 / 도서출판 시원
등 록 2000.10.20. 제312-2000-000047호
03701. 서울시 서대문구 연희로 11사길 16-4
전   화 : 010-3797-8188
E-mail : ksbpoet@daum.net
Printed in Korea ⓒ 2006. 시원
찍은곳 / 신광종합출판인쇄 (Tel 02-2275-3559)
배부처 / 책만드는집 (Tel 02-3142-1585)
04022. 서울시 마포구 양화로3길 99. (지하)

ISBN 978-89-93830-53-8 03810

값 / 12,000원